Abilifaïe Léponaix

Jean-Christophe Dollé

Abilifaïe Léponaix

L'HARMATTAN/ L'ÉCARLATE

L'Écarlate
18 années d'édition
Littérature, érotisme, essais critiques, rock'n'roll

Déjà parus

Dominique Agostini : *La petite fille qui cachait les tours*
François Audouy : *Brighton Rock(s)*
François Baschet : *Mémoires sonores*
Georges Bataille : *Dictionnaire critique*
Jean-Louis Derenne : *Comment veux-tu que je t'embrasse...*
Louis Chrétiennot : *Le chant des moteurs (du bruit en musique)*
Guy Dubois : *La conquête de l'Ouest en chansons*
Brigitte Fontaine : *La limonade bleue*
Erwann Gauthier : *L'art d'inexister*
Pierre Jourde : *La voix de Valère Novarina*
Akos Kertesz : *Le prix de l'honnêteté*
Akos Kertesz : *Makra*
Greg Lamazères : *Bluesman*
Marielle Magliozzi : *Art brut, architectures marginales*
Alain Marc : *Ecrire le cri (Sade, bataille, Maïakovski...)*
Claire Mercier : *Figures du loup*
Claire Mercier : *Désir d'un épilogue*
Pierre Mikaïloff : *Some clichés, une enquête sur la disparition du rock'n'roll*
Bernard Noël : *L'espace du désir*
Ernest Pépin : *Jardin de nuit*
Maria Pierrakos : *La femme du peintre, ou du bon usage du masochisme*
Enver Puska : *Pierres tombales*
Jean-Patrice Roux : *Bestiaire énigmatique*
Nathalie Yot : *Erotik mental food*
Jean Zay : *Chroniques du grenier*

Merci à Chloé Strack et Serge Lauret.

L'Écarlate – Jérôme Martin / Librairie Les Temps Modernes
57, rue N.D. de Recouvrance, 45000 Orléans
ecarlate.jeromemartin@yahoo.fr

© L'HARMATTAN, 2011
ISBN : 978-2-296-54137-5
EAN : 9782296541375

à Margot Morgiève,
sans qui ce texte n'aurait jamais existé

à Clotilde Morgiève
Benjamin Tual
Vanessa Ricci
puis Marie Réache
qui ont donné leur vie
aux personnages de cette pièce

À Hélène Larrodé, François et Marie Sauvaneix.
à Benoît et Stéphanie
à Simon Dickinson
à Jean-Paul Dollé

Je remercie tout particulièrement, Cyril Hamès, Adeline Caron, Nicolas Brisset, Michel Bertier, Magali B, Caroline Trembacz, Flora Guillem, Ludovic Compain, Caroline Gicquel, Daniel et Françoise Dollé.

Prologue

Quatre silhouettes apparaissent dans la pénombre.
On entend à la radio un chef d'État parler de la sécurité dans les hôpitaux psychiatriques.
Le son de la radio monte lentement, des voix s'élèvent, inaudibles.

Silence total.

Puis les ombres prennent la parole.

Antoine

Y a personne, mais vous pouvez rentrer !

Maxence

Une nuit, j'ai entrepris d'enduire de peinture noire les yeux de toutes les statues de l'église.

Ketty

J'ai été mise en garde à vue le 25 juillet 1997 parce que j'avais brisé à coups de marteau toutes les vitrines de la rue.

Soizic

Quand j'avais 18 ans, j'ai sauté par la fenêtre, du deuxième étage.

Antoine

Avant, je passais mon temps à roder autour du palais de l'Élysée. Tout nu.

Silence total.

Les ombres laissent apparaître leurs visages en pleine lumière.

Maxence

Comment ça a commencé, ça je ne pourrais pas le dire vraiment. Je sais que j'allais dans les églises. Souvent. J'aimais bien. L'atmosphère, tout ça, le calme.
Une fois il s'est passé quelque chose. Tandis que je priais, la statue de la Vierge est descendue s'asseoir à côté de moi. C'était intense, très, vraiment, beau. Mais par ses yeux c'est le diable qui m'observait. Elle était possédée. Je me suis mis à genoux, j'ai prié, prié. Je me suis allongé à ses pieds, je parlais tout haut. Alors des gens m'ont attrapé par les bras et les jambes et m'ont fait sortir de l'église. Pourquoi, je ne sais pas. Une fois dehors, j'ai

entendu sa voix. Elle m'a dit : les portes de l'enfer sont derrière toi.

Soizic

Moi je veux bien qu'on me dise que je suis folle. Ça ne me dérange pas. Je suis folle, je le sais. Mais parfois j'aimerais bien que quelqu'un me dise ce que c'est exactement être fou. Ça m'aiderait de l'entendre. Parce qu'il m'arrive de me dire que ce n'est pas si grave. Finalement. Ce n'est pas si grave. C'est simplement aller au bout. Je ne sais pas si c'est très clair. Mais simplement aller au bout. Là où les autres s'arrêtent, nous on continue. Tu vois ? On est comme sans limite. Alors je me dis peut-être, c'est tout simplement être soi-même, vraiment. Un courage supplémentaire peut-être. Tout simplement. Et peut-être que si tout le monde avait le courage d'être soi-même vraiment une fois dans sa vie, alors peut-être, je dis bien peut-être, qu'il n'y aurait plus de fou. Dans le sens où on serait tous fous. Peut-être.

Antoine

On dit : être fou, c'est mal. Enfin, on ne le dit pas, mais on le pense. Le dire c'est mal, le penser c'est bien. Être fou, c'est mal. Ah bon ? J'ai fait quelque chose de mal, moi ? Être fou, non, c'est comme être un chien, ou être une pierre, ou être un sèche-linge.

Le sèche-linge, personne ne trouve ça mal qu'il soit un sèche-linge. La différence c'est que nous, on sait qu'on est des sèche-linge.

Ketty

Les crises, les hallucinations, les voix qu'on entend, tout ça, c'est simplement pour se rassurer. Une manière de lutter contre les résistances du monde. Des armes qu'on fabrique pour résister. Mais pourquoi les gens s'acharnent à nous démontrer qu'on a tort ? On ne devrait pas avoir à lutter. Si les gens acceptaient, on n'aurait pas besoin de lutter. Parce que cette lutte c'est une souffrance pour nous, faut pas croire.

Les autres

Oui.

Ketty

C'est une souffrance. On ne demande qu'une chose, c'est que ça s'arrête.

Les autres

Oui.

Ketty

Parce qu'on en a marre d'être seuls. Et puis merde, on n'est pas des pyromanes. On ne met pas le feu aux voitures. Alors les gens feraient mieux de jeter un œil dans leur soupe. Parce que quand ça tombe, ça tombe. Ça demande pas. Et ça peut tomber sur n'importe qui. On n'a pas choisi, d'accord ? De quoi ils ont peur ? Qu'on égorge leurs gosses ? Qu'est-ce qu'ils veulent ? Nous raser ? Et allez hop un petit remontant quand ça va pas. Ils ne savent faire que ça, nous remonter. On n'est pas des horloges.

Temps de parole n°1

À l'hôpital. Maxence, Ketty, Soizic et Antoine parlent à la psy qu'on ne voit pas.

Voix de la psy
Mardi 5 mai. Hôpital de jour L'Espoir Présent. Temps de parole numéro 1.

Maxence
Les messages que nous envoie la religion.

Antoine
La télé, c'est violent, pour les enfants, tout ça, c'est pas un bon exemple à suivre.

Soizic
J'avais un prospectus dans ma boîte pour un cours de danse. Je reprendrais bien la danse mais là je suis trop cassée. Les médicaments tout ça. C'est pas la frite.

Maxence

JÉSUS c'est JE SUIS. Je suis sur la croix. La croix c'est la croyance. Croix. Croyance. JÉSUS SUR LA CROIX, égal JE SUIS CROYANT. C'est des messages que m'envoie la religion.

Soizic

Aller dans un cours de danse c'est trop angoissant pour le moment. Les gens me regarderaient bizarrement. Et puis les vestiaires, tout ça.

Antoine

TF1 et M6 surtout, il y a des séries, bang bang, les coups de feu ça y va.

Soizic

Va sur ARTE. ARTE tu zappes, tu reviens dix minutes après c'est toujours la même image.

Maxence

France 2, France 3, c'est le service public.

Soizic

Et France 5.

Antoine

France 6 ça existe pas. Dommage pour Lalanne.

Maxence

Ah bon ?

Antoine

France 6 Lalanne.

Maxence

Il est con, lui.

Soizic

Avant j'étais à la résidence. Maintenant, toute seule dans un appartement, c'est pas pareil. Y a plus de vide. Faut se forcer à voir des personnes sinon tu vois personne.

Ketty

Faut pas s'inquiéter. C'est normal. À la résidence on est protégés, il ne peut rien nous arriver. Il y a des éducateurs, tout ça. C'est normal d'être inquiet, faut pas s'inquiéter pour ça.

ANTOINE
Canal+, c'est violent mais c'est payant. T'es pas obligé de regarder.

MAXENCE
Croire en Dieu c'est gratuit.

ANTOINE
C'est comme la TNT. C'est le service public.

MAXENCE
Ouais, sauf que la télé, tu peux régler le volume.

SOIZIC
Des fois j'entends des voix…

ANTOINE
C'est pas moi !

SOIZIC
… tu ne peux pas régler le volume, ça vient comme ça, tu ne peux rien y faire.

KETTY
Faut pas s'inquiéter, les voix c'est normal, ça fait partie de la maladie. Faut prendre ses médocs, c'est

tout. Si t'es observante, après ça va. Ça sert à rien de s'angoisser sinon on est encore plus angoissés.

ANTOINE

J'ai écrit à Martin Bouygues pour lui dire que TF1 était une chaîne trop violente surtout le dimanche soir. Charles Bronson. Il m'a répondu par le mépris.

KETTY

Moi je voudrais parler du Bar Lecture. Installer un endroit où on pourrait lire calmement et boire une boisson non alcoolisée. Il faudrait que ce soit un lieu de calme et de respect. Pas de cri. Pas de dispute.

SOIZIC

Moi un moment j'ai pris quarante kilos à cause des médocs. Quarante kilos, je ne sais pas si tu vois, j'avais des bras on aurait dit mes cuisses.

ANTOINE

J'ai vu un reportage sur le tourisme de guerre. Je trouve ça incompatible. Les gens vont en vacances dans un pays en guerre. Ça m'a choqué. Après je fais des rêves et hallucinations. L'autre jour j'ai rêvé que je me mariais avec Ketty dans un pays en guerre. Et je ne savais plus si c'était la réalité ou pas.

Ketty

Ah ben merci lui ! Il rêve de moi. Il pourrait me demander la permission, je ne suis pas à son service.

Antoine

La guerre c'est pas des vacances. Moi j'ai vécu trois ans dans la rue. Je peux te dire, des fois c'était la guerre. C'est pas des vacances. J'ai subi des agressions à la pelle.

Maxence

Ça ne doit pas faire du bien.

Soizic

Moi j'ai été agressée plusieurs fois. Dans ces cas-là je ne dis rien. Je fais comme si ça n'existait pas. Après il faut oublier. C'est ça le plus dur. Les traces de coups, ça disparaît. Mais les souvenirs ça reste.

Maxence

C'est comme Jésus, avec tous les pouvoirs qui lui sont conférés, il aurait pu se défendre.

Soizic

Je pense que Jésus était schizophrène mais à l'époque ça ne s'appelait pas pareil.

Le vide

Dans le poste de télévision, une émission de télé-réalité dans laquelle un homme parle à son fils, ils sont en train de se réconcilier après une violente dispute. L'homme pleure.
Soizic, seule chez elle, tient à la main un fer à repasser d'où s'échappe parfois un jet de vapeur, elle regarde le tas de linge froissé sans pouvoir faire un geste.

SOIZIC

Le vide. Le vide n'est pas bon pour moi. Il vaut mieux avoir une occupation car ça occupe. Mais ça demande de l'organisation. Mais parfois s'organiser est impossible, car l'esprit est trop dévasté. Les gestes les plus simples sont impossibles.
Se réveiller, et quoi faire ? Fumer, oui d'accord. Mais d'abord trouver le briquet, puis trouver la cigarette. Puis allumer la cigarette avec le briquet. Parfois c'est difficile d'organiser tout ça. Car l'esprit est décomposé. Il n'y a plus de lien entre les choses. C'est ça le vide. Et le vide, il n'y a rien de pire. Le vide c'est comme mourir vivant. Le vide ça ruine l'esprit.
Fumer remplit l'esprit mais ruine le porte monnaie. C'est un choix.

L'autre jour Maxence m'a donné son vieux mégot puant. Ce n'est pas très agréable à première vue car dégueulasse, mais j'ai apprécié qu'il me fasse un cadeau. C'est le signe qu'il se préoccupe de ma santé. Car fumer empêche de se suicider. Les fabricants de cigarettes l'ont bien compris car si tous les fumeurs se suicidaient, les fabricants de cigarettes se suicideraient aussi.

Fumer occupe le vide de mes journées. Je veux bien m'en occuper. M'occuper du vide… non s'occuper du vide c'est bizarre. Je préfère être occupée à m'occuper de choses normales. Avoir une vie normale. Juste ça.

Je m'emballe

Maxence est seul chez lui. Assis sur un petit tabouret, il tente d'échapper à une main invisible qui l'agresse, puis s'enveloppe le corps dans du film plastique.

MAXENCE

Ça commence toujours pareil. La sensation d'être touché, là dans le dos et derrière la nuque. Et puis je sens la lame du scalpel remonter jusque-là. Et alors tout mon cerveau s'ouvre par derrière. Et ça libère toutes mes pensées. Elles sont à l'air libre. Après je sens ma peau s'ouvrir dans le dos jusqu'aux fesses. Comme un poisson qu'on vide, vous voyez ? Comme un poisson qu'on vide. Je sens l'air frais sur ma plaie. Je sens ma chair se retourner, vous savez comme un emballage plastique, quand on ouvre une barquette emballage plastique, et bien le plastique s'entortille sur lui-même. Voilà ce que je ressens. Que ma peau s'entortille sur elle-même. Je sens le sang couler dans mon dos. Et la lame aussi, je sens très bien la lame. C'est pourquoi je m'emballe. Pour que mon corps ne se déchire pas tout entier. Pour garder ma structure. Ma peau, qu'elle reste attachée à mes os.
À cause de cela je transpire beaucoup et pue aussi, car ne peut plus prendre de douche. J'ai des tâches

sur le corps. Des moisissures. Des tâches sur le corps. Inquiétant.

Il allume la télévision qui diffuse des images violentes de guerre, de corps mutilés. Des soldats sans pitié maltraitent une femme. Un couple en habits de mariés, célèbre ses noces au milieu du champ de bataille.

Première étoile

Dans le foyer de l'hôpital personne ne se parle, Soizic fouille frénétiquement dans son sac, en sort toutes sortes de papiers, et finalement trouve une cigarette qu'elle donne à Maxence sans dire un mot, puis rejoint Ketty.

MAXENCE
Ils mettent sur le paquet : fumer tue lentement. On s'en fout, on n'est pas pressés.

Silence total.

SOIZIC
Pourquoi c'est tombé sur nous, ça tu sais pas.

KETTY
Grattant une vieille guitare désaccordée.
Je sais pas.

SOIZIC
Même les médecins, les chercheurs, tout ça.

Ketty

Non.

Soizic

Qu'est-ce qu'on fait de mal ? Moi je demande pas grand-chose. Élever mon gamin.

Ketty

Ils te l'ont retiré ?

Soizic

J'ai arrêté de prendre mes médocs pendant la grossesse. J'avais pas envie de cachetonner le bébé, tu vois ? Et j'ai eu des grosses crises.

Maxence

Seul dans son coin.
Un jour j'ai vu mes mains se détacher de mon corps. Je pouvais toucher des objets qui étaient à plusieurs mètres de moi. On m'a dit ne t'inquiète pas, tu vas prendre ce médicament et tu iras beaucoup mieux après.

Ketty

C'est le père qui a la garde ?

SOIZIC

Non, le père il est en H.P. C'est là qu'on s'est connus.

KETTY

Il est schizo ?

SOIZIC

Bipo. Lui, c'est tout l'un ou tout l'autre.

KETTY

Tu vas le récupérer ton gamin ?

SOIZIC

Je sais pas. Pour le moment je suis trop cassée.

KETTY

Oui, faut être stable un minimum.

MAXENCE

Seul dans son coin
Mais comment pendre un médicament quand on n'a plus de main ? C'est pourquoi je lèche les aliments pour les ingurgiter.

Soizic

Moi mon rêve c'est qu'il ait sa première étoile.

Ketty

Au ski ?

Soizic

Oui. Juste sa première étoile. Je demande pas grand chose.

Ketty

Il l'aura.

Soizic

Oui. Le jour ou sa mère arrêtera d'en voir des étoiles.

Ketty

T'as des hallus ?

Soizic

Premier choix. Je vois des trucs, même Spielberg il a pas encore inventé. La formation de l'univers, la naissance des étoiles, tout ça.

Ketty

C'est pas grave. Il faut pas culpabiliser.

MAXENCE

Seul dans son coin.
Le médicament était si puissant qu'il m'a détruit. Moi, ma vie, ma jeunesse, mon corps, mes mains, tout. M'a donné tant de nausées que mon gosier était à vif à cause des acidités.

SOIZIC

Parfois j'ai des réponses au pourquoi du comment. C'est limpide, je vois tout. J'ai des réponses. Le mystère de la vie, l'éternité de l'âme. Je vois tout. Dans ces cas-là je sais que c'est mauvais signe. Il faut que je retourne à l'hôpital.

Ketty se met à jouer de la guitare frénétiquement.

SOIZIC

Tu joues bien.

KETTY

Tu veux une clope ?

SOIZIC

Oui.

Ketty

Moi je vais essayer pour le *Bar Lecture*. Organiser un endroit calme. On peut le faire ensemble, si tu veux.

Soizic

Non. Je la garde pour quand j'aurai envie.

Elle range la cigarette dans son sac plein de mégots et de papiers journaux.

Les ASSEDIC

Antoine seul chez lui se prépare une sardine à l'huile en pensant tout haut.

ANTOINE

Cher monsieur le directeur des ASSEDIC,
J'aimerais avec vous soulever un grave problème. Les ASSEDIC ne nous prennent pas au sérieux hélas. Car nous ne faisons pas partie de la société tout à fait. Pourtant, grâce à nous des gens travaillent. Les médecins et infirmières spécialisées, la comptabilité. Donc nous, les fous, faisons tourner la machine. C'est comme la chaîne alimentaire. Les gros mangent les petits. Nous on est tout au début de la chaîne, nous sommes le plancton. Et le plancton, où le planque-t-on ? Dans les asiles.
Il ne faut pas négliger le plancton de la société. Car sans le premier maillon, pas d'autre maillon. Les ASSEDIC existent grâce aux chômeurs. Les hôpitaux, grâce aux malades, monsieur le directeur. Grâce aux malades ! C'est comme chez le boucher. Quand je vais acheter mon jambon, je suis l'employeur de mon boucher. Car sans moi, plus de jambon. Plus de cochon. Plus de boucher. Tout le

monde meurt, sauf le cochon, qui lui continue à vivre. Alors c'est ça que vous voulez, monsieur le directeur ? Un monde de porcs ?

De même, pour le premier ministre de la France. Car sans moi, plus rien à administrer, plus de ministre. Il tombe au chômage, comme malade.

J'estime donc que nous méritons la reconnaissance des pouvoirs publics. Cela m'aiderait à me soigner, de quoi, je ne sais pas.

Veuillez croire, monsieur le directeur, en l'expression de ma conscience extériorisée dans ces quelques mots posés sur le papier, tels des cadavres sur le monument aux morts.

Dans le poste de télévision, l'émission Le Maillon Faible *commence.*

Le miroir

Ketty, seule chez elle, parle à une amie imaginaire, elle se regarde dans le miroir et ne se reconnaît plus. À travers le mur de l'appartement, on entend un piano désaccordé sur lequel un voisin annone la Sonate au clair de lune.

Ketty

Non, non, laisse. Laisse je te dis, il se fout de ma gueule. Il est malade, c'est pas moi qui suis malade. Non, non je m'inquiète pas, va. Tiens, regarde-le. Il fait son malin. Il se fout de ma gueule. J'avais pas ça avant. Tu te fous de ma gueule hein ? Non, non, il invente des trucs. N'importe quoi, il veut me faire tourner la tête à l'envers. Les miroirs, tu sais, je connais. Des fils de merde. T'es pas un vrai miroir, toi. Les vrais miroirs c'est les yeux des autres. Des passages secrets.

Non, laisse, c'est mon démon, c'est rien. Il est entré dans le miroir. C'est pas la première fois. Un jour je me suis croisée dans la rue, c'était lui. Il m'a regardé longtemps. Et parlé. Menacé de mort, tout ça. Après il me suivait dans les miroirs. T'en fais pas, je le reconnais. Pas comme avant. Avant il arrivait à m'avoir. C'est pour ça que j'ai enfermé les jumeaux

dans l'armoire à glace. Pour les mettre à l'abri du démon.
Alors maintenant tu fermes ta gueule ! Laisse, il va la fermer, faut faire comme si on le voyait pas.
J'avais pas ça avant. Ça pousse.

LA VOIX DU MIROIR

Ketty pourquoi tu restes là à me regarder depuis des jours et des heures ? De quoi t'as peur ? De changer de visage ? Ah ah ah. Toi qu'est-ce que t'es, t'es de la merde. Ta vie-tes-gosses-t'as-pas-de-gosse. Ta-vie-ton-mari-t'as-pas-de-mari. Tu-pues-t'es-moche-t'es-de-la-merde-tu-pues. Ta-vie-ton-passé-t'as-pas-de-passé. Tu-pues-t'as-pas-de-passé-t'es-de-la-merde-tu-pues.

KETTY

Je sais pas qui appeler. Qui je pourrais appeler ? Je sais pas quelle heure il est.
Hein, dis-moi. Qui je pourrais appeler ?

Dans le poste de télévision, une émission de télé-réalité. Une femme s'apprête à subir une opération chirurgicale esthétique pour changer de visage. Elle est folle de joie.

Mes pensées sont puissantes

Chanson

ANTOINE
Mes pensées sont puissantes.
J'en veux pour preuve la fois où en colère
Contre le docteur je lui ai souhaité
Tout le mal possible.

TOUS
Tout le mal possible !

ANTOINE
Et en sortant de l'entretien
Le docteur s'est fracturé la cheville.
C'est ma pensée qui l'a fait trébucher.

TOUS
C'est ma pensée qui l'a fait trébucher !

ANTOINE

Une autre fois
J'ai mentalement donné l'ordre à Soizic
De se gratter le front.
Et elle s'est grattée le front.

TOUS

Et elle s'est grattée le front !

SOIZIC

Une autre fois
J'étais amoureuse d'un type
Mais il n'était pas amoureux de moi.
Alors j'ai pensé que c'était un chien
Et le lendemain il est revenu avec à la main
Une morsure de chien.

TOUS

Une morsure de chien !

SOIZIC

Mes pensées sont puissantes !

TOUS

Mes pensées sont puissantes !

KETTY

Une autre fois j'étais seule
Et j'ai pensé
Que j'aimerais avoir des amis.

TOUS

Des amis !

KETTY

Et soudain dans la rue
Les gens se sont mis à me faire des signes.
Bonjour !

TOUS

Bonjour !

KETTY

Ça va ?

TOUS

Ça va ?

KETTY

Mes pensées sont puissantes !

TOUS

Mes pensées sont puissantes !

MAXENCE

Une autre fois
Un voisin était jaloux
De mes pensées.

TOUS

De mes pensées !

MAXENCE

Il me les volait sans arrêt.

TOUS

Sans arrêt !

MAXENCE

Dès que j'avais une pensée agréable…

TOUS

Il me la prenait !

MAXENCE

C'était un cambrioleur de pensées !

Tous

Un cambrioleur de pensées !

Maxence

Mes pensées sont puissantes !

Tous

Mes pensées sont puissantes !

Temps de parole n°2

À l'hôpital Maxence, Soizic, Ketty et Antoine parlent à la psy qu'on ne voit pas.

Voix de la psy

Mardi 12 mai 2007. Hôpital de jour L'Espoir Présent. Temps de parole n°2.

Soizic

Des fois j'entends des voix…

Antoine

C'est pas moi !

Soizic

… il y en a qui ont vu la Vierge, ou entendu Dieu leur parler. Maintenant, ils sont dans le calendrier. Moi je suis nulle part, je suis sur l'agenda du docteur, point barre. Y a deux poids deux mesures. Jeanne D'Arc, à l'époque être schizo c'était bien vu. Moi depuis que j'entends des voix, je suis pas devenue ministre de l'intérieur.

Antoine

Toi t'es sinistre de l'intérieur.

Soizic

L'intérieur de quoi d'ailleurs.

Maxence

Moi je suis pas ministre de la culture pourtant j'ai des champignons partout.

Soizic

Jeanne d'Arc, c'était pire que moi. Moi je sais bien que c'est pas vrai. Que c'est mon cerveau qui divague.

Ketty

Moi je peux dire d'où viennent mes voix.

Maxence

Eh ben dis-le.

Ketty

La cuvette des toilettes.

Maxence

C'est des voix de chiottes ?

Soizic

Moi mes voix sont toujours des personnes connues comme ma mère ou mon frère ou un membre de mon père, je veux dire un membre de ma famille. Elles me disent où aller. À droite à gauche. Prendre ceci ou cela. Ma mère souvent, me dit des choses bien que morte et enterrée. L'autre jour elle m'a dit d'aller acheter une tranche de jambon car en réduction. Et j'y suis allée. Une fois au magasin, pas de réduction, pas de jambon, je n'ai pas mangé. Et ma mère toute la nuit, des insultes, des insultes.

Ketty

Un démon, est dans la cuvette des toilettes. Il me donne des ordres. Des choses violentes à accomplir. C'est très angoissant. Dans ces cas-là il faut que je parle à quelqu'un mais je suis souvent seule. Ou alors appeler, mais j'ai pas le téléphone, ils me l'ont coupé.

Soizic

Il faudrait arriver à ne pas écouter ses voix. À ne pas leur obéir. Mais c'est impossible.

Silence total.

C'est comme un film triste. On sait que c'est pour de faux, mais on pleure quand même. Tu vois ?

KETTY

Alors je tire la chasse d'eau. Pour faire taire les voix.

MAXENCE

Eh l'autre ! La facture !

ANTOINE

Moi c'est la télé qui me parle.

MAXENCE

La télé ! Écoute-le lui, il se prend pour Barack Obama.

ANTOINE

C'est la télé qui ne fonctionne pas bien, et non pas mon cerveau. Mais comme les médecins refusent de soigner la télé, c'est moi qu'on soigne. J'ai essayé de donner des médicaments à ma télé, via internet, mais c'est inutile, car inefficace.

KETTY

Un moment, je n'osais plus aller aux toilettes et suis devenue très constipée à cause de cela. Ai dû me faire opérer pour cause d'occlusion intestinale. J'acceptais de faire mes besoins uniquement dans un sac en plastique après m'être assurée qu'il n'y avait personne dedans.

SOIZIC

S'occuper l'esprit fait taire les voix. Jouer, discuter. Pour ma part c'est danser. Mais là je suis trop cassée.

ANTOINE

Quand il y a eu les évènements avec le Tibet, toutes ces remontrances sur les tibétains avec fusils et violence, la télé me disait d'aller en Chine pour leur faire à manger. Mais je ne sais pas faire le riz cantonnais. Je suis plutôt de la Bourgogne. Pomme de terre.

SOIZIC

Moi ma mère parlait à travers la fente du mur du salon. J'ai tapé sur le mur avec une masse, pour voir. Je me suis retrouvé chez le voisin.

MAXENCE

Oh l'autre ! La tête du voisin !

KETTY

Au bout d'un moment j'ai compris que mon démon était passé dans mon anus. À la faveur d'une selle trop longue. C'est là que j'ai commencé à vouloir me vider. Pour me débarrasser du démon à l'intérieur de moi.

Soizic

J'ai dit au voisin que j'avais entendu ma mère parler de l'autre côté du mur. Il m'a dit que ma mère n'était pas là. Je lui ai dit oui je sais, elle est morte. Il m'a dit alors pourquoi vous avez cassé mon mur. Je lui ai dit pour vérifier. Il m'a dit et mes couilles. J'ai dit ben quoi, elles parlent pas tes couilles.

Ketty

J'ai pu me vider de mes voix. Par les voies naturelles.

Antoine

Un jour Harrison Ford m'a demandé comment cuisiner les araignées, c'était pendant Indiana Jones. Je n'ai pas su quoi lui répondre. Moi c'est les pommes de terre.

Ketty

J'ai voulu faire analyser mes selles. Quand j'ai demandé au labo de vérifier si les voix étaient dans mes selles, la dame de l'accueil m'a dit que c'est la merde que j'avais dans la tête qu'il faudrait analyser.

Soizic

Le soir j'ai eu une hallucination. J'étais toute seule dans mon lit. J'ai vu deux testicules en train de discuter.

Je suis restée assise

Dans le foyer de l'hôpital, la télévision est en marche, le présentateur du JT parle, personne ne l'écoute. Ketty se met à parler elle aussi. Personne ne l'écoute.

KETTY

Un jour je suis restée assise 48 heures d'affilée, sans bouger. Je ne sais pas pourquoi. Je ne pouvais plus bouger. Je ne voyais pas le temps passer, je savais bien que le temps passait mais je ne le voyais pas passer. Je ne bougeais pas, je ne sais pas pourquoi. Ça ne me venait pas à l'esprit. Au bout d'un moment j'avais les jambes tellement engourdies que je ne les sentais plus du tout. J'avais l'impression d'être coupée en deux. Je les regardais comme si elles n'étaient pas à moi. Elles auraient pu partir, se lever et marcher sans moi, ça aurait été la même chose. Elles étaient là en dessous de moi, mais entre elles et moi, un vide. Je les ai touchées, je les ai cognées. Je ne sentais rien. J'ai remonté ma jupe pour voir ce que c'était en dessous qui était à moi ou pas à moi. Mes jambes étaient pleines de bleus, du sang, des griffures. Je ne sais pas. J'avais dû faire ça sans m'en apercevoir. Mes jambes n'étaient plus à moi, comme deux pièces de bœuf.

Quand je me suis levée au bout de deux jours, j'avais des escarres sur les fesses. Et après j'ai bien vu, les gens me regardaient bizarrement dans la rue après. Ils se retournaient pour voir mes fesses. Ils se parlaient entre eux. Ils parlaient de mes fesses. C'est à cette époque-là que j'ai décidé de marcher à reculons. Pour qu'on arrête de se fiche de ma gueule.

Les voix de Soizic

Prostrée dans un coin de la pièce, Soizic entend sa mère lui parler.

Voix de la mère

Qu'est-ce que tu fous, t'es qu'une merde ! Tu ressembles plus à rien. T'as vu ce que t'es. Des kilos et des kilos ! T'es qu'une merde ! Tu ressembles à rien. T'as pas fait les courses, hein ? Faut faire les courses ! T'as acheté quoi ? De toute façon tu sais pas faire à manger. Tout ce que tu touches tu le transformes en merde ! T'as fait les courses où ça, hein ? Monoprix ? Auchan ? Hein ? T'es pas dégourdie. T'as vu comme tu danses ? Tu sais pas bouger de toute façon. Va te laver, va te couper les cheveux. Allez ! Va prendre une douche, de toute façon t'as vu comme tu bouges ? Tu sais pas danser. Tu sais pas faire les courses. T'as des amis au moins ? Hein ? Connasse ! T'as des amis connasse ? Des gens qui ont pitié ! Tu prends même pas tes médicaments. T'as peur de quoi ? De grossir ? Allez va faire à manger, va te laver ! T'as peur de quoi ? De te faire baiser ? De toute façon y a rien à baiser chez toi ! T'es bonne qu'à faire de la merde ! De toute façon vous êtes que des putains dans la famille, hein. Des putains. Bouge ton cul connasse ! Allez coupe-toi les cheveux ! T'as vu ce que t'as sur la tête ? C'est du malheur ce que t'as sur la tête ! Allez coupe-toi les cheveux connasse. C'est du malheur ! Enlève cette tignasse connasse ! Va faire les courses, va te faire baiser par la caissière d'Auchan. Hein ? T'as compris ? Tu sais pas faire la cuisine. T'es toute seule comme une merde. Allez tire la chasse, sale merde ! Et tu disparais dans les égouts. Avec tes cheveux. C'est du malheur sur ta tête. Hein ? C'est du malheur sur ta tête ! Salope ! T'es qu'une merde, tu sais rien faire, t'es qu'une merde ! Salope ! Va faire les courses. Tape-toi la tête, vas-y tape-toi la tête ! Allez vas-y salope, connasse, tape-toi la tête ! Connasse. Tape-toi la tête ! Tape-toi la tête !

Col rond, col V

Dans le foyer de l'hôpital, Ketty et Soizic sont assises à une table. Ketty est en train de coudre un tissu à paillettes dont elle voudrait se faire une robe. Antoine et Maxence discutent de leur côté.

ANTOINE

Ma mère m'a offert deux chandails. Un col rond. Un col V. Moi heureux, j'enfile tout de suite le col rond pour lui faire plaisir, lui montrer que son cadeau. Elle me dit, il te plaît pas le col V ? Alors pourquoi tu l'as pas mis ? Ah c'est comme ça que tu me remercies. Eh ben merci. Tout pour me faire de la peine. Allez barre-toi-casse-toi, elle me dit ma mère. Barre-toi-casse-toi. Barre-toi-casse-toi. Et elle fiche les pulls dans la crème. Col rond, col V. Et j'ai donné les coups de canif. Les menottes-la-prison. Le docteur dit que je suis violent. Mais violent c'est pas ça. Violent c'est le manque d'amour. Pas de bisou pas de câlin.

MAXENCE

Des fois je me prends pour Dieu.

ANTOINE

Houlà.

MAXENCE

Pouvoir de vie et de mort. J'arrive à ressusciter les gens.

ANTOINE

Houlà.

MAXENCE

Je suis tout puissant.

ANTOINE

J'ai vu un film au ciné avec Jim Carrey. Mais lui c'était vraiment Dieu.

MAXENCE

Moi sur le moment j'y crois. C'est après que je me rends compte. Et j'ai honte de ce que j'ai fait.

ANTOINE

Et ouais.

Soizic et Ketty dans leur coin.

Soizic

Je suis en semaine test.

Ketty

Ouais.

Soizic

Ouais. Ça commence demain. C'est ma semaine test.

Ketty

Ouais.

Soizic

Si j'assure, ils pensent peut-être que je pourrai revoir mon gosse.

Ketty

C'est classe.

Soizic

Ouais. Je vais essayer d'assurer.

Ketty

Ouais essaye d'assurer.

SOIZIC

Ouais je vais assurer.

MAXENCE

Surtout le jour où j'ai parlé à la mort.

ANTOINE

Ah bon ?

MAXENCE

J'avais la mort en face de moi, je lui donnais des ordres. Je lui disais de sortir de la pièce.

ANTOINE

Elle était comment ?

MAXENCE

Chauve. C'était à l'enterrement de ma tante qui est morte étranglée.

KETTY

Il doit être mignon.

SOIZIC

La dernière fois que je l'ai vu, il était violet avec le cordon ombilical enroulé autour du cou.

Antoine

Houlà, ça doit pas être beau à voir.

Ketty

T'es impatiente de le revoir ?

Soizic

Non, pas trop. C'est trop chargé, tu vois ? Mais j'ai envie quand même. Voir sa tête, tout ça.

Maxence

Elle était violette, la langue avait doublé de volume.

Ketty

Il a dû changer.

Soizic

J'espère pour lui.

Maxence

A l'enterrement, les gens se recueillaient en silence, et moi je leur soufflais dessus. Ils ne comprenaient pas qu'ils étaient en danger alors je soufflais, je soufflais, pour faire partir la mort.

KETTY

Tu vas assurer c'est sûr.

SOIZIC

Faut que je sois bien observante.

ANTOINE

La mort, elle part quand tu souffles ?

MAXENCE

Oui, parce que j'étais Dieu.

KETTY

Tu prends quoi ?

SOIZIC

Abilifaïe 25mg.

ANTOINE

Ça marche bien ?

MAXENCE

Oui, parce que j'étais Dieu.

KETTY

Ça marche bien ?

SOIZIC

Oui. Sauf la dernière fois où j'ai commencé à partir. Ça a bien monté, mais je l'ai dit à personne. Je voyais mon cœur battre dans ma main. Tu vois ?

KETTY

Ouais. Leur dit pas. Ils pourraient pas comprendre.

MAXENCE

Mais ils comprenaient pas.

SOIZIC

J'avais mon cœur comme ça.

KETTY

T'avais le cœur sur la main.

SOIZIC

Ouais.

MAXENCE

Le croque-mort a voulu se battre avec moi. Le cercueil est tombé et ma tante s'est retrouvée par terre. J'avais honte de ce que j'avais fait. Mais c'était pour leur sauver la vie, c'est ce qu'ils ne comprenaient pas.

ANTOINE

La mort c'est dangereux.

KETTY

Tu vas assurer, c'est sûr.

SOIZIC

J'aimerais bien le revoir. Sa petite tête. Il doit me ressembler.

MAXENCE

Puis la mort s'est cachée sous la soutane du curé. Là ça a mal tourné. Le curé a voulu que je voie un exorciste.

ANTOINE

J'ai vu ça dans un film, comment il s'appelle déjà ?

KETTY

Comment il s'appelle ?

SOIZIC

Hein ?

KETTY

Comment il s'appelle ?

MAXENCE

Malheureusement il n'avait pas compris que j'étais Dieu lui-même.

ANTOINE

Pourtant c'était un curé.

KETTY

Comment il s'appelle ?

SOIZIC

T'as pas fini de me faire chier !

Abilifaïe et Léponaix

Chanson

Ketty dans sa robe à paillettes, un micro à la main, éclairée par une poursuite comme dans un rêve.

Ketty
Abilifaïe et Léponaix
J'aime vos bulles
Quand je suis dans ma bulle
Abilifaïe et Léponaix
Ce comprimé dans ma bouche
C'est comme George Bush
Abilifaïe et Léponaix
Rouges et bleues les pilules
Je vole comme une libellule
Abilifaïe et Léponaix
Le médicament calmant
Qui brise mon tourment
Abilifaïe et Léponaix
La drogue institutionnelle
La camisole sensorielle
Abilifaïe et Léponaix
Plus de faille, plus de sexe

Mon cerveau haché Moulinex.
Abilifaïe et Léponaix
Médicament
Mon amant

Les pièges à souris

Chanson

En formation comme un vrai groupe de rock sur une musique rythmée. Ils tentent quelques mouvements chorégraphiés.

ANTOINE
Des agents du ministère de l'intérieur ont posé des micros à l'intérieur de mon appartement.

TOUS
Et c'est vrai.

ANTOINE
Afin d'écouter mes conversations.

SOIZIC
Un homme qui voulait me violer m'a suivi jusque chez moi pour m'agresser.

Tous

Et c'est vrai.

Soizic

J'ai sauté par la fenêtre pour lui échapper. Fracture ouverte deux chevilles cassées.

Maxence

Parfois les statues me regardent. Dans la rue et les églises.

Tous

Et c'est vrai.

Maxence

Les envoyés de l'antéchrist sur terre veulent me convertir à la magie noire.

Tous

Mais il ne se laisse pas avoir.

Ketty

Parfois le docteur s'introduit chez moi pour me voler mes musiques…

TOUS

Et c'est vrai.

KETTY

… et toucher les droits d'auteur.

TOUS

Et c'est vrai.

KETTY

Alors je mets des pièges à souris dans ma guitare.

TOUS

Et c'est vrai.

KETTY

Parfois…

ANTOINE

… les agents du ministère…

MAXENCE

.. me regardent…

Soizic

… pour me violer.

Tous

Et c'est vrai.

Soizic

J'ai sauté par la fenêtre…

Antoine

… afin d'écouter…

Maxence

.. la magie noire…

Ketty

… que je compose. Alors…

Soizic

… pour lui échapper…

Ketty

… je mets des pièges à souris…

Maxence

… dans les églises…

Antoine

… du ministère.

Soizic

Parfois, j'ai peur, si peur que je voudrais mourir.

Ketty

Quand les gens cherchent à me prouver que je suis folle, ça me rend folle.

Antoine

La plus grande folie des hommes c'est de ne pas avoir compris que j'avais raison.

Maxence

Si c'est l'action que nous avons sur le monde qui nous fait exister, alors Dieu existe, inévitablement.

Tous

Et c'est vrai.

Maxence

Mes pensées existent inévitablement.

Soizic

Si je saute par la fenêtre pour échapper à l'homme qui me poursuit. Alors je meurs. Ce qui prouve bien que cet homme existe, inévitablement.

Antoine

Des agents du ministère m'espionnent inévitablement.

Ketty

Le docteur veut me voler ma musique inévitablement.

Maxence

De toute façon, que ça existe ou pas, où est la différence ?

Soizic

Puisqu'au final, je suis morte.

La partie de scrabble

Dans le foyer de l'hôpital Antoine découpe des morceaux de papier en forme de lettres qu'il colle une à une sur le mur. Ketty gonfle des ballons multicolores. Soizic et Maxence jouent au scrabble.

MAXENCE

Avant je faisais de la musique. Je voulais devenir pianiste. Mais bon, là...

ANTOINE

Ma mère tapait dur quand je pétais étant gosse. Elle disait pour faire partir la honte il faut que les fesses deviennent toutes rouges. Aujourd'hui je ne pète jamais plus en société car un long filet odorant et d'une couleur rosée me suit, indéfiniment. Cela me procure beaucoup de honte. Et je regrette alors mon geste. Les odeurs ont une couleur. Mauvaise haleine, violet. Pet, rose. Aisselles, vert. Un jour une dame est venue de Roubaix. Elle avait suivi mon odeur rose et m'avait retrouvé, à ma grande honte. Hélas avec tous les pets que j'ai fait dans ma vie, j'ai en permanence un feu d'artifice rose qui me sort du trou de balle, à ma grande honte. J'ai déjà essayé de couper le filet d'odeur rose qui sort de mon trou de balle. Avec une paire de ciseaux. Le docteur a dit un trou de balle c'est fait pour mettre des balles pas des ciseaux. Il m'a donné un médicament contre les hallucinations, moi j'ai dit je veux un médicament contre les pets. Il m'a dit c'est pareil. Prends-moi pour un con. Tu veux que je te la fasse sentir mon hallucination ? Je lui ai embrumé son cabinet. J'ai finalement pris le médicament car forcé et contraint. Efficace mais beaucoup d'effets secondaires, par exemple les flatulences.

Ai alors dû mettre une balle dans mon trou de balle pour obstruer l'orifice. Comme au golf. Mais cela a provoqué d'énormes douleurs. Comme un grand blessé à la guerre. J'ai appelé ça la guerre du Golf.

Un des ballons que gonfle Ketty lui explose au visage, ça la met en furie.
Antoine colle sa dernière lettre sur le mur, formant ainsi le mot : BESOIN.
Ketty tourne comme un lion en cage, vient déranger les joueurs de scrabble.

Ketty

Les mots sont des êtres vivants. De même que mes mains ou ma tête. Ou mes jambes ou mon cul. Pardon pour le mot cul, c'est cru. Mais le mot cul, c'est tout l'être. La lettre Q. Mes mots, mon cul, c'est pareil. Même matière première, fécale... matière. Mes mots existent et sonnent comme cloche. Existent et coulent comme rivière-torrent. Mes mots coulent, écoute, coulent de moi et gouttent. Gouttent de moi comme d'une stalactite. Et mes mots partent, voyagent avec bras et jambes et voyagent. Sac à dos guide du routard. Ils continuent à vivre une fois sortis de ma bouche. Et me trahissent. C'est pourquoi parfois préfère me taire que d'enfanter des mots qui finalement prendront un poignard pour me tuer comme César.

Elle prend le plateau de jeu et l'envoie à travers la pièce, les lettres volent en tous sens. Elle se calme, s'assied par terre, sous le mot collé au mur par Antoine.

Un jour j'ai perdu le mot BESOIN. Il s'est échappé. Je l'ai vu. Échappé dans la rue. Comme une chenille. Se faufilait. Et pendant des mois je n'ai pas pu dire ce mot. Le mot BESOIN avait disparu de moi. Il n'existait plus. Et je ne pouvais plus exprimer mes besoins, ni les faire. Et donc plus de besoin, plus d'envie, rien. Et donc perte d'appétit, ne mangeais plus, ne me lavais plus, ne prenais plus mes médicaments, ne pensais plus, ne bougeais plus. Et suis descendue dans moi-même. Profond. Me suis vue de l'intérieur de moi-même. Et c'était une vision horrible de voir un corps mourir de l'intérieur. Suis descendue en moi-même. Loin des orifices. Loin de la sortie. Au centre. Comme de la terre. Ai vu l'écorce terrestre qui craquait autour de moi. Mon corps comme une planète. Autour de moi. Suis descendue. Ai vu mon cœur s'arrêter de battre et mourir. Car le mot BESOIN avait disparu. Et j'ai failli mourir. Juste pour un mot. Les mots sont plus forts qu'on ne croit. Des êtres faits de lettres, mais des êtres, des vrais. Vivants. Puissants.

Voilà pourquoi je me tais. Pour ne pas les laisser échapper contre ma volonté. Voilà pourquoi reste muette et coite. Pour garder mes mots. Dans ma mémoire.

Les effets indésirables

Chanson

Comme dans un défilé de mode, chacun vient présenter son médicament sur une musique qui ressemble à un jingle publicitaire.

Ketty

NAUSINON : Traitement de courte durée des états psychotiques aigus et chroniques (schizophrénies, délires paranoïaques, psychoses hallucinatoires chroniques).

Soizic

Effets indésirables : sécheresse de la bouche, torticolis, aménorrhée, galactorrhée, gynécomastie.

Antoine

La gynécomastie est un développement excessif des seins chez l'homme, d'un seul côté ou des deux, de façon symétrique ou non.

Soizic
Autres effets : impuissance, frigidité.

Ketty
Dépôts brunâtres dans le segment antérieur de l'œil, dus à l'accumulation du produit.

Maxence
En général sans retentissement sur la vision.

Ketty
Par ailleurs, des cas isolés de mort subite inexpliquée ont été rapportés chez des patients.

Antoine
MALDOLLE : est utilisé pour traiter les états anxieux graves et les comportements psychotiques. Il peut être utilisé comme antiémétique (contre les vomissements).

Soizic
Effets indésirables : pâleur, hyperthermie, troubles végétatifs, mouvements musculaires incontrôlables touchant en particulier le visage et la langue.

KETTY

En outre, il n'est pas rare d'observer des tremblements, troubles des règles, impuissance, hypertrophie des seins, prise de poids, troubles de l'orgasme, galactorrhée. C'est un écoulement de lait par le mamelon en dehors des périodes d'allaitement normales.

ANTOINE

Syndrome extrapyramidal.

MAXENCE

RYSPERTAL : Traitement des psychoses, en particulier des psychoses schizophréniques aiguës et chroniques, chez l'enfant âgé de 5 à 11 ans, présentant un retard mental accompagné de troubles du comportement (tels que agressivité, agitation, impulsivité, automutilation).

SOIZIC

Effets indésirables : céphalées.

KETTY

Ça veut dire quoi ?

MAXENCE

Maux de tête.

KETTY

Alors pourquoi ils disent pas maux de tête ?

ANTOINE

Trop simple.

MAXENCE

LÉPONAIX.

SOIZIC

Effets indésirables : céphalées.

MAXENCE

Ça veut dire quoi ?

KETTY

Maux de tête.

MAXENCE

Ah oui.

Tous

Tachycardie, hypertension artérielle, syncopes, constipation, nausées, vomissements, anorexie, incontinence urinaire, rétention urinaire, priapisme, perturbations de la sudation, mort subite inexpliquée.

Dans le poste de télé, le visage souriant d'une sublime femme annonce « ceci est un message du ministère de la santé ».

Lettre à ma mère

Antoine seul chez lui, prostré devant le lavabo de la salle de bain. Il se mouille le visage, se lave le corps, se frotte à s'en faire rougir la peau. Il prend une feuille de papier et un stylo.

Antoine

Ma chère maman,
Je sais que tu t'inquiètes pour ton fils car ce n'est pas facile de voir ainsi son enfant perdre pied et sombrer dans la folie. Je voudrais te dire de ne pas t'inquiéter même si mon avenir est bien mal en point. En effet, je ne sais pas à quelle sauce demain me mangera. Je vois mon avenir comme un nuage fluorescent plein d'incertitudes et d'inquiétudes. Je ne sais pas si je parviendrai un jour à vivre une vie normale, avoir un métier, me comporter de manière saine et polie avec les autres et en particulier avec les femmes. Car j'aimerais faire ma vie avec une femme même si je ne sais pas encore qui. Ni même si elle existe.
Parfois je m'endors la nuit en pensant que je suis le diable et que je suis venu au monde pour vous faire souffrir, toi, papa, Sébastien et tous les autres. Et dans mes rêves je vous dis : tuez-moi, car je suis le diable. J'apporte la peine et la souffrance. Tuez-moi pour notre bien à tous.

Parfois je repense aux jours de mon enfance où tu t'occupais de moi, petite maman, et je me dis que tu n'avais pas mérité ça. Aucune mère ne mérite ça. Et je ne sais pas quoi faire pour me faire pardonner.
Je sais que tu en as vu de toutes les couleurs, que tu as été rejetée à cause de moi. Je sais la connerie des gens. Les gens se moquent quand ils ont peur, c'est bien connu. Comme les enfants, finalement ce n'est pas différent. Mais on pardonne aux adultes la connerie, alors qu'on ne pardonne pas la folie. C'est comme ça, il ne faut pas chercher. C'est comme ça.
Parfois je me dis qu'une chose me soulagerait, que tu me dises que tu m'aimes encore. Malgré tout ça. Mais je sais que ça n'arrivera pas.
Il n'y a pas que du négatif dans cette maladie. Elle m'a permis de voir du pays. J'ai voyagé. Mon corps avait besoin de bouger, même si mon âme a fait du sur place. Mes yeux ont vu des choses, même si je n'en ai rien tiré. Mes yeux ont vu des choses.
Alors si un jour je disparais, dis-toi que peut-être c'est un voyage comme un autre. Un voyage comme un autre. Avec moins de souffrance peut-être.

Il range la feuille dans une enveloppe qu'il glisse dans le tiroir de la table. Le tiroir se décroche, il en tombe un monceau de lettres jamais postées. Antoine ne bouge plus.

Silence total.

La déclaration

Maxence seul chez lui, pianote la Sonate au clair de lune sur une table. Dehors, le tonnerre gronde.
Soizic entre, le visage trempé de pluie. Maxence, le regard absent, ne lui prête aucune attention.

Soizic

C'est sympa chez toi. Pourquoi tu me regardes pas ? Hein ? Eh ! T'es dans quel espace-temps ? Ça se voit, moi, que je te regarde, non ? Faut être aveugle pour pas le voir. Ou vraiment malade. T'es comme ça, toi ? Malade au point de pas pouvoir regarder quelqu'un qui te parle ? Et partir dans l'autre sens ? J'en ai connu, ça me fait pas peur. Je suis capable de comprendre, va, t'en fais pas. Je suis pas conne. Alors, ce que j'ai dans les yeux quand je te regarde, ça compte pour de la merde ou quoi ? Ce que j'ai dans la voix, un chat ou je sais pas quoi d'autre qui la fait dérailler, ça compte pour rien, à ton avis ?

Silence total.

Moi je m'en fous ça m'est égal. Que tu restes là comme une carpe, le regard dans les vagues. C'est con j'avais un truc à te dire, un truc important. Personnel.

Elle sort la notice de son médicament et la lit.

Effets indésirables : impatience, insomnie, tremblements, trouble de la vision, tachycardie.
Ça te fait penser à rien ? L'amour. C'est pareil, non ?
Si j'avais quelqu'un avec moi. Un mec sympa, pas trop con, même un peu barge. J'aurais peut-être la force de leur montrer que je suis capable de m'en occuper de mon gosse. On lui ferait un petit nid. Papa et maman oiseau.

Elle reprend sa notice.

Réactions allergiques, gonflement de la langue, prise de poids, perte de poids, anorexie. Raideur musculaire, rétention urinaire, incontinence.
Agitation, nervosité. Troubles de l'élocution, augmentation de la salivation épilepsie, pneumonie de déglutition, arythmie ventriculaire, arrêt cardiaque, mort subite inexpliquée.
Des cas de tentatives de suicide, d'idées suicidaires et de suicides ont été rapportés après commercialisation (voir rubrique mises en garde et précautions d'emploi).
T'as raison, c'est vraiment de la merde.

Silence total.

Elle s'approche. Il la rejette. Il essaye de la frapper. Ils ne bougent plus. Elle s'en va.
Maxence réunit toutes ses boîtes de médicaments, les ouvre l'une après l'autre et avale tous les cachets.

MAXENCE

Mon Père qui êtes au plus haut des cieux, pardonne-leur. Ils ne peuvent pas comprendre. Personne ne peut comprendre. Personne. Moi, je ne sais pas parler. Les autres, les gens, ils ne peuvent pas comprendre. Elle, peut-être, mais c'est trop tard. Elle. C'est fichu. Prends pitié de moi. Prends pitié de moi. Agneau de Dieu qui enlève le péché du monde, prends-moi dans tes bras. Ceci est mon corps.

Il brandit une boîte de médicaments et avale ceux qui restent.

Emmène-moi au dessus de la souffrance. Au dessus de la souffrance, je deviendrai un arbre. Si tu le veux bien mon Père, je deviendrai un arbre. Je prends sur moi tous leurs péchés, mon Père. Moi je ne sais pas aimer alors aime-les pour moi, mon Père. Aime-les comme je les aime, comme mes propres enfants. Que j'aurai un jour, dans une autre vie. Et leur vie à eux sera heureuse avec plein de fleurs, des pains au

chocolat, une petite frange au dessus des yeux. Et on fera du vélo. Comme une famille.
De quoi meurt-on quand on est crucifié ? Hein ? De quoi meurt-on quand on est crucifié ? De suffocation. La camisole chimique.

Il tombe.

Le Bar Lecture

C'est l'inauguration du bar lecture à l'hôpital de jour. Ketty a organisé un petit pot avec de la musique, les ballons multicolores, des chips et du coca. Il y a aussi une grande banderole : « Bienvenue au bar lecture ». Elle fait le service avec beaucoup d'application.
Chacun a fait un effort pour s'habiller correctement. Maxence entre en dernier. Il est en pyjama, méconnaissable, la bouche pendante et le regard vide. Un filet de bave pend de ses lèvres. Cela met Antoine dans une rage folle. Il détruit la belle installation, se cogne contre les murs et se met hurler, renverse les verres et la bouteille de coca. Les autres restent parfaitement immobiles pendant qu'Antoine saccage la fête.
Enfin il se calme. Il s'effondre à genoux et reste prostré.

Silence total.

Soizic attrape sa boîte de médicaments dans le fond de son sac et en déverse le contenu sur le sol trempé de coca.

Soizic

Je sais pourquoi je ne les prendrai plus. Tant pis. Les conséquences je les connais. Ce n'est pas grave. C'est mieux comme ça. Maintenant je sais et je suis sûre.

Ça ne vaut pas la peine de vivre ça. Ce qu'ils appellent la réalité, tout ça. Ça ne vaut pas la peine. Parce que j'ai vu des choses tellement belles que les yeux en sont éblouis.

Alors pourquoi je continuerais à vivre cette vie-là ? Dites-moi pourquoi ? Hein ? Mon gosse, c'est fini, je ne l'aurai plus. Pourquoi je continuerais à vivre une existence de cadavre alors que j'ai vu ces choses que personne ne voit ? Hein ? Pourquoi je continuerais à prendre leurs saloperies ? Pourquoi je continuerais à croire aux médecins alors qu'ils ne savent rien et qu'ils n'ont rien vu et n'ont pas cherché à voir ce que j'avais vu. Comment je peux leur faire confiance ?

C'était de très beaux papillons multicolores. Beau comme c'est pas permis d'être beau. Comme un homme nu qui sourit. Ils m'ont prise entre leurs ailes, et ils m'ont emportée haut dans le ciel, et passé les nuages et m'ont déposée dans un autre monde. Là-bas il y avait une terre et des rivières, des arbres et des hautes herbes. Et tous les gens étaient des papillons. Et moi, dans ma robe de soie bleue, j'étais un papillon aussi. On formait tous une farandole flottant dans les airs au milieu d'une prairie ensoleillée. Et c'était comme quand je danse. Mon corps débordait de lui-même. On était faits de lumière. On n'avait pas besoin de mots. On se parlait sans se parler. On pouvait, dans son cœur, sentir battre le cœur des autres. Et moi, mon cœur palpitait. J'avais quatorze ans et j'étais pleine d'amour, et neuve, et fraîche, et rien ne m'avait abîmée. Et tout était possible. Une autre vie, tout ça. Plus heureuse.

C'était tellement beau. Et j'ai compris alors que la beauté pouvait rendre meilleur et que jamais plus je ne voudrais m'en éloigner.

Alors l'un des papillons s'est approché de moi. Nous nous sommes regardés comme quand on voit pour la première fois. J'ai vu dans ses yeux l'avenir et le passé, et pour la première fois l'avenir était plus beau. Pour la première fois il n'y avait pas que du gris mais toute une ribambelle de couleurs. Et pour la première fois je me suis sentie comprise.

Et puis le papillon m'a touché la joue et il m'a dit je t'aime.

Je t'aime. Je t'aime. Je t'aime. Je t'aime.

Silence total.

Noir.

Postface

Drôle d'expérience que celle de lire la pièce de Jean-Christophe Dollé. Et drôle d'émotion.
Ainsi, il est possible, à la simple lecture du carnet d'une proche, psychologue, ayant recueilli les phrases de patients, d'écrire un tel texte, sans avoir par ailleurs fréquenté intimement ceux qu'on appelle les fous.
Il est possible, à la lecture de ce carnet, de vouloir écrire une pièce donnant la parole à des « fous », comme ça, simplement, comme réponse la plus pertinente à un certain discours présidentiel[1] consacrant la figure du « Schizophrène dangereux ». De vouloir répondre à la caricature par l'expérience, par la poésie de l'expérience.

Cela en dit long sur la finesse et la précision des notes lues, ou sur la finesse et la sensibilité de l'auteur ou, plus probablement, sur les deux.

A la lecture de ce texte, j'ai d'abord été étonnée, puis émue. J'avais rencontré Jean-Christophe Dollé avant d'avoir lu sa pièce et j'avais pu constater qu'il n'appartenait pas au champ des personnes qui travaillent en psychiatrie, qu'il n'en maîtrisait pas le codes ni les références habituels. Non, il avait simplement lu un carnet, et cela l'avait inspiré.
Étonnée donc, dès le début du texte, par l'audace de l'auteur. Voilà un écrivain qui avance une théorie personnelle de la folie, comme ça, l'air de rien. On lit ainsi de la bouche de l'un de ses personnages, Soizic : « parfois j'aimerais bien que

---

[1] Discours de Nicolas Sarkozy du 2 décembre 2008 à Antony

quelqu'un me dise ce que c'est exactement être fou. Ça m'aiderait de l'entendre. [...] C'est simplement aller au bout. [...] Là où les autres s'arrêtent, nous on continue. Tu vois ? On est comme sans limite. Alors je me dis peut-être, c'est tout simplement être soi-même, vraiment. Un courage supplémentaire peut-être. » Ce même personnage précisera plus loin : « Parfois j'ai des réponses au pourquoi du comment. C'est limpide, je vois tout. J'ai des réponses. »
Un autre dira : « Les crises, les hallucinations, les voix qu'on entend, tout ça, c'est simplement pour se rassurer. Une manière de lutter contre les résistances du monde. Des armes qu'on fabrique pour résister. »

La folie comme une recherche de vérité qui ne cède pas devant l'absence de réponse, absence avec laquelle chacun de nous a affaire et s'aménage comme il peut, le délire comme construction nécessaire pour survivre, voilà des hypothèses qui sont un pied de nez salutaire à toute approche déficitaire ou « dégénérative » de la folie !
Il émane d'ailleurs une impression très contemporaine de ce texte. En effet, il semble que Jean-Christophe Dollé a su saisir au vol le vocabulaire et les expressions de l'époque, ses catégories et réductionnismes ; Ketty dit ainsi que : « Faut pas s'inquiéter, les voix c'est normal, ça fait partie de la maladie. Faut prendre ses médocs, c'est tout. Si t'es observante, après ça va. »
Ah, l' « observance »… On reconnaît ici une caractéristique de notre époque qui est celle de la « Santé mentale positive » : la croyance en la toute-puissance du médicament.
Plus loin, Ketty interrogera Soizic à propos du père de son enfant :
« Il est schizo ?
-Bipo » répondra Soizic, fidèle au dernier choix des étiquettes diagnostiques contemporaines.

Mais si le texte met en scène ces discours plaqués, il ne s'arrête pas là : les effets indésirables des médicaments sont évoqués sans complaisance (et avec quel humour !), et à l'injonction paternaliste de prendre son traitement, émise par le psychiatre apprenti sorcier, Maxence répond : « le médicament était si puissant qu'il m'a détruit » ; la phrase « je suis trop cassé (e) » ponctue le texte.

Alors la psychiatrie, ça se résume aux médicaments ? Pas plus que la folie ne se résume à une somme de « symptômes » à faire disparaître.

J'ai été étonnée, enfin, de découvrir dans ce texte un quasi-manuel de psychiatrie qui s'ignore: hallucinations, persécution, dissociation de la pensée, morcellement corporel, toute-puissance de la pensée, vol de la pensée, automatisme mental, dépersonnalisation... Tout est présent, évoqué avec justesse.

Mais après l'étonnement vint l'émotion.
Émotion de retrouver dans ce texte ce vertige qu'on éprouve à la lecture du journal intime de Pierre Rivière ou du « Voyage à travers la folie » de Mary Barnes (dont j'ai pu vérifier que l'auteur ne les avait pas lus quand il a écrit sa pièce), celui de constater, derrière des actes apparemment « incompréhensibles », « insensés », un sens caché, une rationalité, une raison dans la déraison.
Ainsi, si Ketty marche à reculons et si Maxence souffle sur les gens à un enterrement, ce n'est pas pour rien, c'est même en suivant une logique tout à fait précise.
J'ai ressenti alors, à nouveau, ce frisson et ce plaisir de découvrir d'autres rationalités que celle partagée par le plus grand nombre et qui ébranlent un peu celle-ci, la normée, la « normale ».

Émotion, également, de trouver restitué dans ce texte quelque chose d'indicible, de l'ambiance si particulière des lieux de folie : un dialogue qui n'en est pas tout à fait un, une personne qui donne une cigarette à une autre en silence, l'importance des mots employées, la difficulté de la rencontre, un sentiment de basculement potentiel, une forme de fantaisie qui n'existe nulle part ailleurs…

En discutant avec Jean-Christophe Dollé, j'ai appris qu'à la fin de la pièce, des spectateurs venaient parfois lui demander ce que c'était, finalement, un schizophrène. Lui qui n'appartient pas au champ de la psychiatrie, qui a inventé une pièce inclassable pour parler d'une chose indéfinissable, le voilà sollicité pour définir, en spécialiste, une catégorie qu'il veut défaire.
Mais comment en vouloir à ces spectateurs ? L'être humain, fou ou non, ne peut renoncer complètement à chercher des réponses et voudrait parfois qu'elles soient fournies par des « experts ».

Ce qu'illustre pourtant cette pièce, à mon avis, c'est que, loin des discours contemporains politico-médiatiques, ces réponses sont loin d'être faciles et échappent à mesure qu'elles se forment sur nos lèvres.
Que chacun de nous, « fou » ou non, « spécialiste » ou non, « artiste » ou non, puisant dans la sensibilité et son expérience, peut en dire quelque chose, est légitime pour s'y risquer.

Loriane Brunessaux

652977 - Mai 2016
Achevé d'imprimer par